Un poisson
dans le dos

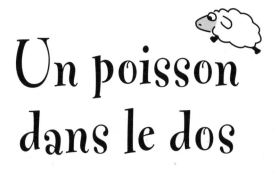

Un poisson dans le dos

Jacques Bédard

Illustrations de Claude Thivierge

COLLECTION

SAUTE-MOUTON

ÉDITIONS
MICHEL
QUINTIN

Données de catalogage avant publication (Canada)

Bédard, Jacques, 1942-

  Un poisson dans le dos

  (Collection Saute-mouton ; 23)
  Pour enfants de 6 ans.

  ISBN 2-89435-198-4

  I. Thivierge, Claude. II. Titre. III. Collection :
  Saute-mouton (Waterloo, Québec) ; 23.

PS8553.E295P64 2002 jC843'.54 C2002-941476-8
PS9553.E295P64 2002
PZ23.B42Po 2002

Révision linguistique : Monique Herbeuval

Le Conseil des Arts du Canada
The Canada Council for the Arts

SODEC Québec

Patrimoine canadien Canadian Heritage

La publication de cet ouvrage a été réalisée grâce au soutien financier du Conseil des Arts du Canada et de la SODEC.

De plus, les Éditions Michel Quintin bénéficie de l'aide financière du gouvernement du Canada par l'entremise du Programme d'aide au développement de l'industrie de l'édition (PADIÉ) pour leurs activités d'édition.

Gouvernement du Québec – Programme de crédit d'impôt pour l'édition de livres – Gestion SODEC

ISBN 2-89435-198-4
Dépôt légal - Bibliothèque nationale du Québec, 2002
Dépôt légal - Bibliothèque nationale du Canada, 2002

© Copyright 2002
Éditions Michel Quintin
C.P. 340, Waterloo (Québec)
Canada J0E 2N0
Tél.: (450) 539-3774
Téléc.: (450) 539-4905
Courriel: mquintin@mquintin.com

1 2 3 4 5 6 7 8 9 0 M L 9 8 7 6 5 4 3 2

Imprimé au Canada

1

Un poisson dans le dos

Depuis trente ans, pépé Ti-Blanc va à la pêche tous les jours... Où? Personne ne le sait... Et tous les jours, depuis trente ans, il revient de la pêche avec un poisson accroché dans le dos.

Un seul poisson! Mais tout un poisson! Un énorme poisson argenté d'une espèce inconnue!

Et cela, beau temps, mauvais temps! Été comme hiver! Car il habite un pays où on pêche toute l'année.

— Pourquoi un seul poisson? demandent les gens.

— C'est un secret, répond le vieil homme.

— Et pourquoi l'accrocher dans ton dos? interrogent-ils encore.

L'homme au crâne chauve et à la barbe blanche ne répond pas.

Cela intrigue fort les habitants du village. Surtout que tout le monde, les petits comme les grands, ignore ce que le vieux pêcheur fait de ce fameux poisson.

Si bien que madame Fouine, la mairesse, décide un jour de

percer le mystère de cette pêche surprenante.

— J'offre une forte récompense, déclare-t-elle, à quiconque
me révélera le secret de pépé
Ti-Blanc.

Longtemps, on l'épie, on le file, on le talonne. Longtemps, on le questionne, on le gronde, on lui tend des pièges. Longtemps, on se moque de lui et on lui rit au visage.

Mais c'est peine perdue! Pépé Ti-Blanc déjoue tous les plans et reste bouche cousue.

Si bien que, avec le temps, les gens oublient peu à peu la récompense promise... sauf monsieur Gratteux, l'avare du village.

2

Le secret de pépé Ti-Blanc

Un matin, pépé Ti-Blanc tombe gravement malade.

C'est en mars, à quelques jours du premier avril.

— Repos complet! ordonne monsieur Guéritout, le médecin. Votre cœur est très fatigué, pépé. Alors, plus de pêche ni de longue marche avec votre poisson!

Désemparé, le vieux pêcheur est bien triste. « Que vais-je faire? se demande-t-il. Je suis seul et je ne peux plus me procurer la nourriture pour vivre. »

Après réflexion, il appelle son petit-fils à son chevet.

« Francis n'a que sept ans, pense-t-il. Mais il est bon pêcheur: il pourra me remplacer. Surtout, il sait tenir sa langue. »

Le soir venu, le vieil homme verrouille donc la porte de sa maison. Il fait asseoir l'enfant près de lui et se dispose à lui confier son secret.

— Mais tu ne dois rien dire à personne! lui précise-t-il.

— C'est promis! répond Francis, en croisant l'index et le majeur. Croix de bois, croix de fer!

— Il y a longtemps, raconte le grand-père, j'étais allé à la pêche. J'étais fatigué et j'avais faim. Alors, j'ai allumé un feu pour faire frire le premier poisson capturé. Mais ça ne mordait pas.

Méfiant, pépé Ti-Blanc s'interrompt et regarde autour de lui.

— Et voilà que je prends un petit poisson de rien du tout! poursuit-il enfin. Mais un petit poisson qui parle et qui me supplie de ne pas le faire cuire dans la poêle!

— Papi! s'exclame le garçon, sceptique.

— Vrai, comme je te le dis! affirme le vieux pêcheur. Même que le petit poisson m'a promis une récompense si je le remettais à l'eau!

De plus en plus soupçonneux, il s'approche de l'enfant et lui confie à l'oreille le reste de son histoire.

Francis, les yeux ronds comme des billes, écoute son grand-père avec le plus grand étonnement.

3

Francis et la pêche mystérieuse

Le lendemain midi, Francis se rend au quai du village.

La journée est belle et chaude. Les nuages sont blancs et tout moutonnés. Le vent est doux et léger comme une haleine fraîche.

Au quai, le garçon tourne à droite. Il longe la rivière et disparaît bientôt dans la forêt. Il marche un ou deux kilomètres, en scrutant les alentours. Il arrive enfin à une petite baie paisible.

«C'est sûrement l'anse dont m'a parlé papi!» se dit-il.

Suivant les recommandations de son grand-père, Francis s'assure d'être seul. Puis il amorce l'hameçon de sa ligne et lance au loin l'appât. Enfin, il se baisse et caresse de la main l'eau de la baie.

— Poisson, mon beau poisson, mords donc à l'hameçon! dit-il. Que tu sois gros ou petit, de te prendre je serai ravi!

C'était la formule magique que lui avait dévoilée le vieux pêcheur, la veille. Jadis, elle lui avait été donnée par le petit poisson qu'il avait remis à l'eau.

Cette formule garantissait cha-
que fois une belle prise.

Dès que l'enfant l'a prononcée,
il se passe une chose étonnante.

L'eau de la baie, calme comme
un miroir, s'agite soudain. Elle
tournoie, tourbillonne comme un
remous. Comme la vague, elle
se soulève et s'abaisse sous la
poussée d'une force étrange.

— Un banc de poissons!
murmure Francis, éberlué.

Ramenant l'appât de sa ligne sur la berge, le garçon capture alors un magnifique poisson au corps couvert d'écailles d'argent : le même mystérieux poisson que son grand-père.

— Mais ne prends qu'un seul poisson! lui a ordonné le vieux pêcheur. Sinon, tu briseras le charme de la formule magique. Car il faut protéger l'environnement et ne pêcher que le nécessaire pour se nourrir.

Obéissant, le garçon range sa ligne.

— N'oublie pas de l'accrocher dans ton dos! lui a précisé aussi le vieux pêcheur. C'est le petit poisson qui me l'a demandé, afin de montrer au monde que le respect de l'environnement est toujours récompensé.

Francis attache donc le poisson à sa veste en denim. Puis il repart et traverse le village sous les yeux ahuris des habitants. Enfin, il se rend chez son grand-père, entre dans la maison et dépose le poisson sur la table de la cuisine.

— Voilà! dit-il, fier de sa capture.

Incroyable! Le poisson argenté se transforme en un délicieux repas. L'enfant et le vieux pêcheur se régalent alors d'une crème de champignons, d'un canard au poivre vert et d'une tarte aux framboises.

4

La tromperie de monsieur Gratteux

Les deux jours suivants, une ombre suit toutes les allées et venues du jeune Francis.

Cette ombre, c'est celle de monsieur Gratteux, l'avare du village.

Quel personnage sinistre, ce monsieur Gratteux! Avec son visage blême et ses doigts crochus, son chapeau melon et son habit noir, on dirait un vieux croque-mort.

— Le petit connaît le secret de pépé Ti-Blanc! constate-t-il.

Le dernier jour de mars, le vieil avare se dissimule donc derrière un gros sapin. De sa cachette, il

épie les gestes de l'enfant, écoute ses paroles, assiste au déroulement de sa pêche étrange.

C'est ainsi qu'il perce enfin le mystère du poisson d'argent.

« À moi la fortune! » se dit-il, les yeux ronds et brillants comme des sous neufs.

Le garçon parti, l'homme passe à l'action. Il fait les mêmes gestes, récite la même formule magique, pêche de la même façon. À sa grande satisfaction, il prend le même beau gros poisson.

— Mais il est fou, pépé Ti-Blanc, d'en ramener un seul! s'exclame-t-il en voyant autant de poissons sauter sous ses yeux. Et ce qu'il peut être bête de l'accrocher dans son dos, à la vue de tout le monde!

En revenant vers le quai, le vieil avare lance alors sa ligne à l'eau... Une fois! Deux fois! Dix fois! Vingt fois!... Au tournant de la rivière! Près d'un rocher! En face du quai!... Il capture ainsi poisson par-dessus poisson, si

bien qu'il en remplit un plein panier.

Celui-ci brille au soleil, tellement il y a de poissons argentés!

Puis le vieux grippe-sou s'en va chez lui, en couvrant d'un linge le panier. Il éviscère les poissons, les découpe en filets et les range avec soin dans le congélateur.

Gonflé d'orgueil comme un paon, il se rend enfin à la mairie du village.

— Je connais le secret de pépé Ti-Blanc! annonce-t-il à la mairesse. Demain midi, venez sur le quai avec votre or, madame. Vous saurez tout!

5

La légende du poisson d'avril

En ce premier jour d'avril, il y a foule sur le quai : Francis, pépé Ti-Blanc, monsieur Gratteux, madame Fouine, monsieur Guéritout et la plupart des villageois.

Monsieur Gratteux, l'air noble et fier, apprête sa ligne et la lance. Puis il se penche, un sourire mystérieux aux lèvres, et caresse de la main l'eau claire de la rivière.

— Poisson, mon beau poisson, mords donc à l'hameçon!

dit-il. Que tu sois gros ou petit, de te prendre je serai ravi!

Rien! Aucun remous! Aucune vague!

Le vieil avare, surpris et mal à l'aise, répète la formule magique.

Rien! Toujours rien! De mémoire, jamais la rivière n'a été aussi claire et aussi calme que ce jour-là!

Honteux, abasourdi, monsieur Gratteux recommence d'une voix plus forte encore.

Rien ne se passe car, en pêchant plusieurs poissons la veille, il a brisé la promesse, détruit la magie.

Pépé Ti-Blanc, affaibli par la maladie, est malgré tout heureux. Il fait un clin d'œil malicieux à Francis. Tous les deux devinent la raison de cette soudaine tranquillité.

« L'avare ne prendra jamais plus de poisson en utilisant

la formule », se disent-ils en secret.

La foule, d'abord impatiente, se met bientôt à rigoler.

— Où il est, ton poisson argenté? demande monsieur Guéritout. Et comment feras-tu pour te l'accrocher dans le dos?

— Quel mauvais farceur, ce vieux Gratteux! badine madame Fouine.

L'histoire du poisson fait vite le tour du village. On se demande même si le fameux poisson de papier qu'on accroche dans le dos le premier avril ne viendrait pas de là.

Mais contrairement aux habitants du village, Francis ne rit pas. Il est très inquiet pour l'avenir de son grand-père.

« Comment je peux aider mon papi maintenant que la magie est rompue ? » se demande-t-il.

Ce soir-là, Francis dort très mal.

6

La récompense du poisson argenté

Au matin, le garçon ne perd pas de temps. Avant le lever du soleil, il saute du lit, s'habille et sort de la maison sans faire de bruit. Il se rend au quai du village et longe la rivière jusqu'à la petite baie.

«Peut-être que le poisson argenté voudra répéter sa magie? se dit-il. Après tout, ce n'est pas moi qui ai brisé le charme! »

Le garçon amorce l'hameçon de sa ligne et lance au loin l'appât. Puis il caresse de la main l'eau de la baie et récite la formule magique :

— Poisson, mon beau poisson, mords donc à l'hameçon! Que tu sois gros ou petit, de te prendre je serai ravi!

Mais l'eau de la baie reste calme et lisse. On dirait la glace d'une immense vitrine.

— Inutile d'insister! murmure Francis, déçu mais guère surpris. Le charme est rompu à tout jamais.

Il range alors sa ligne et s'assoit sur une grosse roche plate. Une larme dans les yeux, il regarde le soleil qui se lève à l'est dans un ciel rosé et sans nuages.

— Qu'est-ce que c'est que cette lumière? s'exclame soudain le garçon.

À quelque dix mètres de lui, il voit en effet une lumière brillante qui miroite sous les rayons du soleil levant. Il se lève, s'approche et aperçoit un

objet à demi enfoui sous les racines d'une souche pourrie.

Il creuse la terre avec ses doigts, écarte les racines. Il tire avec ses deux mains et réussit enfin à dégager l'objet. Il constate avec surprise qu'il s'agit d'un coffret incrusté d'or.

Le cœur battant comme une horloge, il soulève le couvercle. Stupeur plus grande encore! Le coffret contient des pièces d'or et d'argent, des perles et des rubis.

«Papi et moi, nous sommes riches!» se dit-il.

Son grand-père ne manquera jamais plus de nourriture. Il pourra aussi acheter les médicaments et les vêtements dont il a besoin.

S'assurant d'abord qu'il n'y a personne en vue, Francis cache vite le coffret en l'enterrant. Heureux, il quitte les lieux en sif-flotant.

« Je viendrai le chercher à la nuit tombée! » pense-t-il.

Puis, se retournant une der-nière fois, il s'arrête soudain. À la surface de l'eau, il voit un petit poisson argenté qui lui fait un clin d'œil...

Table des matières

COLLECTION
Le chat & la souris